AF463043
INVENTAIRE
Z11858
62

LES PETITS LIVRES DE M. LE CURÉ,
Bibliothèque du Presbytère, de la Famille et des Écoles.

LES HISTOIRES DE MON ONCLE SAMUEL,

PAR

S. H. BERTHOUD

PAUL MELLIER, ÉDITEUR,
PLACE SAINT-ANDRÉ-DES-ARTS, 11.

entimes broché; 35 centimes cartonné. 62

Z
173
E a 62

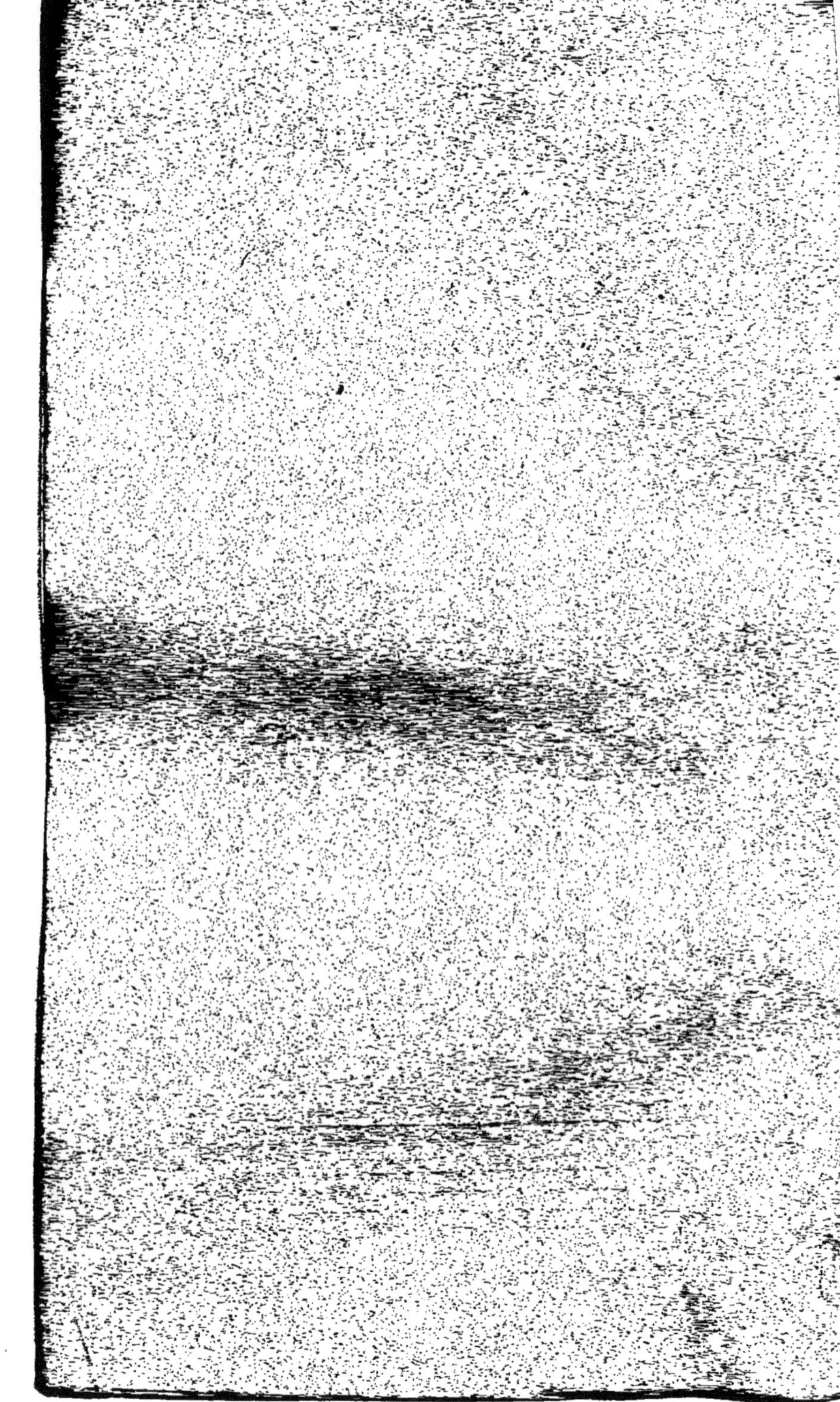

LES
PETITS LIVRES DE M. LE CURÉ,

BIBLIOTHÈQUE
du Presbytère, de la Famille et des Ecoles.

LES HISTOIRES
DE
MON ONCLE SAMUEL,

PAR

M. S. HENRY BERTHOUD

PARIS,
PAUL MELLIER, LIBRAIRE ÉDITEUR,
PLACE SAINT-ANDRÉ-DES-ARTS, 11.

Z, 173
Ea 62
11858
62

Approbation de Mgr l'Archevêque de Paris.

DENIS-AUGUSTE AFFRE, par la miséricorde divine et la grâce du Saint-Siége Apostolique, Archevêque de Paris.

MM. Plon et Paul Mellier, éditeurs, ayant soumis à notre approbation les ouvrages ci-dessous indiqués, faisant partie d'une collection ayant pour titre : LES PETITS LIVRES DE M. LE CURÉ, BIBLIOTHÈQUE DU PRESBYTÈRE, DE LA FAMILLE ET DES ÉCOLES, savoir : *Petite Histoire de Belgique*, tomes 3 et 4; *Vie de saint François de Sales*, 1 vol.; *l'Espiègle d'Anvers*, 1 vol ; *la Famille du Pêcheur*, 1 vol.; *Une jeune Fille du Peuple*, 1 vol.; *le Bon curé Bénédict*, 1 vol.; *les Histoires de mon oncle Samuel*, 1 vol.; *le Marchand de Statuettes*, 1 vol.; *les Papillons et les Enfants*, 1 vol.; *le Bon Génie*, 1 vol.; *Annette et Joseph*, 1 vol.; *Marco Visconti*, 1 vol.; *l'Orphelin*, 1 vol.; *le Vrai Trésor*, 1 vol.; *Histoire des principales Eglises de Paris*, 1 vol.,

Nous les avons fait examiner, et, sur le rapport qui nous en a été fait, nous avons cru qu'ils pouvaient offrir aux personnes auxquelles ils sont destinés une lecture intéressante et sans danger.

Donné à Paris, sous le seing de notre Vicaire-Général, le sceau de nos armes et le contre-seing de notre Secrétaire, le vingt-deux janvier mil huit cent quarante-cinq.

F. DUPANLOUP, *Vicaire-Général.*

Par Mandement de Monseigneur l'Archevêque de Paris :

E. HIRON, *Chanoine honoraire, pro-secrétaire.*

IMPRIMÉ PAR PLON FRÈRES, A PARIS.

LES HISTOIRES

DE MON ONCLE SAMUEL.

Le 6 décembre n'attendait plus que quelques instants pour naître. L'aiguille de la vieille pendule de Boule, accrochée contre les parois du salon de ma mère, allongeait son petit bec ciselé, représentant une tête d'aigle, vers le gigantesque chiffre XII. Ce chiffre, il me semble le voir encore, était peint en émail noir, dans une rosace d'argent rehaussée par un cercle de damasquinages fantastiques. Ma mère et mes sœurs disposaient en d'énormes souliers de carton, qui semblaient la chaussure antédiluvienne de quelque géant, des gâteaux, des bonbons, des friandises et des jouets. Mon père, assis, les regardait faire en souriant, tandis que Samuel aidait les trois femmes.

Samuel était un vieux oncle septuagénaire et le poète de la famille. Nul ne savait et ne contait comme lui des histoires étranges et merveilleuses.

Humble et pauvre bourgeois, enchaîné toute sa vie par la nécessité dans une existence obscure et laborieuse, il avait fait comme les oiseaux captifs : s'il n'avait pu voler dans les airs, il avait du moins passé sa vie à regarder l'immensité du ciel.

Il fallait l'entendre dire, de sa voix chevrotante et douce, les chroniques trouvées sur les pages noircies de vieux bouquins que personne ne lisait plus. On oubliait le temps à l'écouter quand il invoquait les traditions et les croyances superstitieuses de la Flandre.

« Voici, dit ma sœur, tous nos apprêts de la Saint-Nicolas terminés. Il ne nous reste plus qu'à placer dans l'âtre éteint les grands souliers de carton.

Demain, quand s'éveilleront les enfants, ils trouveront les trésors apportés du ciel par saint

Nicolas et par son baudet. Leur joie sera grande! Il me semble déjà que je les vois, en chemise, assis sur leurs petits talons roses, déplier chacun de ces objets en jetant des cris de surprise et de joie.

— Hélas! ajouta mon père, que ne sommes-nous encore petits enfants! que sont devenues notre foi naïve et nos douces superstitions?

— Il nous reste encore une des jouissances de ces temps heureux, se hâta d'interrompre ma mère, toujours, comme le Samaritain de la parabole, prête à verser sur la plaie d'un chagrin le baume d'une consolation.

— C'est le plaisir d'écouter les histoires de nourrices de notre excellent oncle Samuel.

— J'en sais une belle, dit le vieillard, qui trouvait un grand bonheur à se faire écouter, à exciter des émotions dans son petit auditoire, et à conquérir, comme il le disait, des scènes dramatiques en miniature. »

Il se rapprocha du foyer, se consolida dans son fauteuil et commença :

« Votre histoire peut être belle, » dit mon père en souriant. Puis il ajouta avec une douce taquinerie :

« J'en sais néanmoins une autre qui dépasse de beaucoup la vôtre, quelle qu'elle soit; de plus, la mienne a l'avantage d'être vraie.

— Qui vous prouve que la mienne ne l'est pas? » s'écria l'oncle Samuel, quelque peu froissé dans son amour-propre d'auteur.

Mon père ne répondit point à cette boutade, étendit la main pour obtenir le silence et l'attention de l'assemblée, et prit la parole :

— « En 1807, vers le commencement de l'été, un régiment de hussards traversa Carcassonne.

Les officiers de dragons, qui tenaient garnison en cette ville, offrirent un banquet à leurs camarades, et jamais repas de corps ne fut aussi gai et aussi bruyant. On but tant de fois à la santé des braves cavaliers, on porta de si nombreux toasts à l'empereur Napoléon et à la gloire de l'armée française, que fort peu des convives gardèrent leur sang-froid ; les plus calmes s'amusaient à casser les glaces du salon et à jeter par la fenêtre les porcelaines. Le banquet se prolongea jusque vers onze heures du soir.

Quand on sortit de table, à peine restait-il dans Carcassonne quelques maisons éclairées.

Tout le reste de la ville dormait. Jugez de la joie qu'éprouvèrent les officiers, échauffés par le vin, à réveiller par leur tapage les bourgeois pleins de frayeur! Tantôt ils criaient au feu, et saluaient de huées les têtes effarées qui se montraient tout à coup aux fenêtres ouvertes avec effroi. Tantôt ils décrochaient les enseignes, frappaient aux portes et se livraient à mille extravagances. Le temps se montrait complice de ces folies, car un orage affreux éclatait sur la ville ; la pluie tombait par torrents. Le tonnerre grondait et de larges éclairs venaient tout à coup jeter une lueur rouge dans l'obscurité profonde des rues.

Ce fut à la clarté rapide d'un de ces éclairs qu'un groupe de sept ou huit sous-lieutenants aperçut un homme abrité sous un large parapluie, et qui semblait s'être perdu dans la ville ; car il marchait en hésitant et comme quelqu'un qui ne sait de quel côté diriger ses pas. A la fin il parut éprouver une sorte de joie en apercevant l'écriteau d'une rue à demi éclairé par la lampe vacillante d'un réverbère.

Il s'approcha pour mieux lire, mais au même instant une pierre lancée par un des hussards brisa le réverbère. Les jeunes fous, après avoir ri aux éclats de cette belle équipée, entourèrent la victime que leur livrait le hasard, et lui demandèrent bruyamment une place sous son parapluie.

— « Messieurs, leur dit une voix douce mais ferme cependant, si je pouvais être utile à l'un de vous et le garantir de la pluie, je le ferais avec empressement. Mais comme les officiers n'ont guère l'habitude de se servir de parapluie, et que le même, quelque grand qu'il soit, ne saurait abriter neuf personnes, je vous prie de me laisser continuer ma route et gagner un gîte.

— Le parapluie! il nous faut le parapluie!»

Avec un sang-froid et une résignation qui eussent touché et désarmé les jeunes écervelés si le vin n'eût point troublé leur raison, l'ecclésiastique leur remit le parapluie, rajusta son manteau sur ses épaules et voulut s'éloigner. Mais ce n'était pas le compte des jeunes gens.

— «Halte là, qui vive! fit l'un d'eux en imitant le cri d'une sentinelle; où allez-vous? Qui êtes-vous? Que venez-vous faire ici?

— Vous me permettrez, messieurs, de ne point répondre à ces questions,» interrompit celui à qui s'adressaient tant d'impertinentes paroles.

Et il marcha en avant.

Peut-être allaient-ils lâcher leur proie, quand par malheur un nouvel éclair resplendit et leur montra que celui dont ils venaient de prendre le parapluie était vêtu d'une soutane, que ses cheveux poudrés se cachaient sous un tricorne, qu'en un mot c'était un prêtre. A l'époque dont nous parlons, la plupart des militaires ressentaient, pour ce qu'ils nommaient un *calotin*, presqu'autant d'aversion qu'ils professaient de mépris pour les *péquins*. L'esprit révolutionnaire et ses tristes erreurs, encore tout-puissants sous ce rapport dans les idées de l'armée, montraient comme odieuses ou comme ridicules la croyance en Dieu et les pratiques religieuses. On n'en était même plus à la philosophie de Voltaire; on ne connaissait que de grossiers sarcasmes et de brutales railleries contre le saint Évangile!

Vous pouvez juger de la joie des sous-lieutenants quand ils s'aperçurent que le vieillard était un prêtre. Ils lui adressèrent mille propos insolents, et finirent par former autour de lui une ronde, non sans chanter des couplets égrillards, non sans répéter des refrains impies.

Le prêtre croisa paisiblement les bras sur sa poitrine, et souffrit ces insultes avec une force et une patience qui certes eussent désarmé les officiers si le vin n'eût point troublé tout à fait leur raison.

Cela dura jusqu'au point du jour, c'est-à-dire près de quatre heures. A la fin, trempés jusqu'aux os par l'orage, vaincus par la fatigue, et désarmés par l'inaltérable résignation du vieillard, ils cessèrent leur persécution et se retirèrent chacun chez soi, laissant le prêtre libre de continuer son chemin.

Le lendemain toute la ville de Carcassonne s'occupait de cette aventure. Les personnes qui habitaient le quartier où la ronde s'était dansée avaient vu de leurs fenêtres la scène scandaleuse, sans oser cependant venir en aide à l'ecclésiastique ; car c'était s'exposer inutilement aux mauvais traitements des étourdis.

Quoi qu'il en soit, malgré la crainte qu'inspirait la force militaire, on se demandait à haute voix parmi les gens du peuple, si, parce que l'on portait un sabre, on pouvait impunément troubler durant la nuit le repos d'une ville, insulter aux passants inoffensifs, et se livrer à de mauvais traitements sur un vieillard et un prêtre.

Ces bruits arrivèrent jusqu'au général qui commandait la division, et qui résidait alors à Carcassonne. C'était un vieux soldat criblé de blessures et dont l'armée entière connaissait la bravoure. Lorsqu'il reçut des hussards, le lendemain dans la journée, la visite de corps que l'état-major de chaque régiment doit, suivant l'usage, au chef militaire du département qu'il traverse, le général se plaignit au colonel du scandale commis la veille et demanda que les coupables fussent signalés. Un silence profond suivit cette question adressée d'un ton sévère.

« Puisque vous ne voulez point me répondre, dit-il, je répondrai pour vous, messieurs. Les sous-lieutenants que je vais nommer monteront à cheval, et attendront mes ordres dans la cour de l'hôtel. »

Et il nomma les huit étourdis, qui, la veille, avaient insulté le prêtre.

La discipline militaire exige une obéissance passive et sans réplique. Les jeunes gens allèrent donc chercher leurs chevaux, et revinrent immédiatement chez le général.

Celui-ci, accompagné du colonel, monta lui-même à cheval, et fit signe aux sous-lieutenants de le suivre.

Ils obéirent. Après une marche qui dura plusieurs heures, ils arrivèrent à la petite ville de Quillan, et la traversèrent sans s'arrêter. Jusque-là le général n'avait pas prononcé une seule parole; il ne se montra pas plus communicatif au sortir de Quillan. Cette taciturnité de leur chef, le sentiment de leur faute et l'incertitude du motif et du terme de leur excursion, ajoutaient encore à la tristesse des lieux que traversaient les officiers. Certes, on ne saurait imaginer une nature plus sauvage que celle des flancs inférieurs de la montagne de Quirbajou; et néanmoins, au delà de ses flancs, sur les hauts plateaux qui s'échelonnent jusqu'aux Pyrénées, tout devient encore plus désolé : à peine rencontre-t-on çà et là quelques sapins. Enfin le sol ne produit dans les parties fertiles que de la bruyère.

Les officiers virent le Quirbajou, qui se déploie à droite en sortant de Quillan, s'effacer peu à peu derrière les croupes intermédiaires dont les versants se rapprochaient si fort, que les arbres dont était couronnée chacune des deux crêtes se confondaient et formaient une sorte de berceau de verdure. La route s'inclina tout à coup brusquement; les pentes s'évasèrent, et un bruit étrange se fit entendre : c'était le fracas de l'Aude qui débouchait à droite d'un canal percé dans la montagne, et qui faisait mouvoir les rouages d'une forge.

Les voyageurs tournèrent ensuite le coude de la montagne à laquelle la forge était adossée. Le Quirbajou reparut sur leurs têtes, d'autant plus rapproché que les officiers touchaient presque à la courbure de son arc. Plus bas, à un demi-mille devant eux, ils trouvèrent le village de Belvianes, sur les bords de l'Aude. Là cette rivière cessa de se montrer à leurs regards ; une vaste montagne se dressait sur ce point et semblait se réunir au Quirbajou sans solution de continuité. Que devenait donc l'Aude ? Où se trouvait son issue ?

Tandis que le petit escadron cherchait à deviner ce problème, ils tournèrent la base du mamelon, et le Quirbajou, un instant caché par le village, se montra de nouveau à leurs regards, mais fendu du sommet à la base par une brèche immense hérissée confusément de pointes de rochers : c'était à travers cette brèche que l'Aude rampait et se frayait un passage.

Cette brèche se nomme la *Pierre-Lis.* Là plus de sentier possible ; il fallut que les officiers missent pied à terre. Quand ils eurent franchi les sentiers escarpés qui conduisaient à travers cette brèche redoutable et périlleuse, le chemin se replia à droite, et ils arrivèrent près de l'abbaye en ruines de Saint-Martin-du-Leez.

Non loin, sur le versant de la rive droite, à quelques centaines de pieds au-dessus du fleuve, deux rocs gigantesques, surmontés de croix et inclinés l'un vers l'autre, comme deux cornes menaçantes, abritaient sous leur voûte tout un village avec son modeste clocher. Les champs se pressaient à l'entour, laborieusement étagés par des murs sans ciment, façonnés des pierres plates dont le sol est couvert ; ils se hérissaient de maigres et rares moissons, d'arbres rabougris et de frêles ceps de vigne, dont les racines dénudées de la couche de terre végétale que ces murs sont chargés de contenir pendaient le long des ravines et des brèches dont les orages les avaient criblés de toutes parts.

Le village lui-même n'était qu'une misérable agrégation de masures : un ravin profond le traversait dans toute son étendue. Dans la saison des pluies, il débordait souvent à l'improviste, emportait dans la rivière, devenue elle-même un indomptable torrent, masures et habitants ; ou bien un bloc de rocher se détachait comme la foudre, et écrasait les malheureux dans leur sommeil.

Quelques poutres jetées sur la rivière servaient de pont aux habitants. Ce village portait le nom de Saint-Martin-Pierre-Lis.

« Messieurs, dit alors le général, voici, n'est-ce pas, un pays triste et malheureux ? Eh bien! vous ne connaissez point encore toute l'étendue de cette tristesse et de ce malheur. Emprisonnée à droite par le Quirbajou et par la forêt de Fanges, que vous voyez couvrir les plateaux de l'autre part de la brisure, bornés à gauche par un pays encore plus escarpé que le leur, les habitants de Saint-Martin n'ont d'autre ressource, pour gagner leur vie durant la mauvaise saison, que d'aller vendre du bois à Quillan. Une distance d'une lieue et demie les sépare à peine de cette ville; et cependant naguère il leur fallait employer toute une journée, et s'exposer à mille périls pour faire ce trajet. L'été, ces braves gens, qui abattent les sapins nécessaires au commerce et à la marine, se trouvaient obligés de traîner ces arbres à force de bras, de la forêt de Fanges jusqu'au sommet de la brisure de Pierre-Lis. Là, ils les précipitaient dans l'Aude; une fois le bois à l'eau, il fallait qu'un bûcheron montât sur l'arbre et le guidât à travers les rochers de l'abîme, des anfractuosités desquels il devait souvent l'arracher au moyen de harpons et au péril de sa vie ; car les bûcherons accomplissaient dans l'obscurité ce périlleux travail, et de grosses pierres qui se détachaient des parois les écrasaient.

» Un homme, messieurs, a conçu la généreuse pensée de vaincre la nature de ces lieux redoutables, et de devenir le bienfaiteur du malheureux pays que vous voyez.

» Pour cela il fallait créer une route qui formât la corde de l'arc immense de la brèche, c'est-à-dire ouvrir une voie à travers une masse énorme de rochers. L'homme qui rêva ce projet gigantesque est pauvre et obscur ; mais il a mis sa foi en Dieu, et il réussit.

» Prêtre instruit et d'un haut mérite, on lui offrit une cure productive ; il la refusa, et demanda la cure de Saint-Martin. Là, il étudia les lieux, médita sans cesse son projet : et enfin un jour il monta en chaire, et exposa en peu de mots à ses paroissiens ce qu'il voulait entreprendre. Ces hommes simples comprirent l'importance d'un pareil dessein, et promirent de le seconder. Le lendemain, on se mit à l'œuvre, et les travaux ne furent plus interrompus. Le digne curé, durant cet espace de quinze années environ, sut miraculeusement multiplier les ressources qu'il obtenait de la charité publique, incessamment sollicitée par lui. Aucune démarche ne le rebutait ; quand, harassé de fatigue, il rentrait au village, il ne s'en mettait pas moins à la tête des travailleurs, dont il venait d'assurer le salaire.

» Après trois ans d'efforts, on arriva à des masses de granit, qui fermaient l'entrée du défilé du côté de Belvianes. A la vue de ces rocs indestructibles en apparence, le découragement s'empara de tout le monde. M. Armand, c'est ainsi que se nomme le prêtre, garda seul de la force et de l'espoir ; il vendit une partie de son patrimoine, et rassembla de nouvelles ressources.

» Après six années de combat contre la masse de granit, elle s'ouvrit et livra passage.

» Désormais on put traverser en deux heures la distance qu'on mettait une demi-journée à franchir. C'était beaucoup ; mais il y avait encore loin de cette amélioration à un résultat complet. Il fallait continuer. Hélas! la révolution était devenue la terreur, et le prêtre dut, je vous l'ai déjà dit, se cacher comme un criminel et renoncer à ses travaux.

» Mais enfin l'ordre se rétablit, grâce au premier consul. Le curé revint parmi ses paroissiens, reprit son projet de route avec ardeur, et ne le quitta que pour combattre un terrible incendie par lequel fut dévorée la forêt de Fanges. Grâce au courage du pasteur, qui exposa sa vie avec une sublime témérité, les paysans ne cessèrent point de lutter, pendant trois jours, contre le fléau, et parvinrent à sauver ainsi à l'État une propriété de plusieurs millions. M. de Barante, alors préfet du département, écrivit à M. Armand pour le féliciter d'une si belle action, et lui proposa une récompense.

» M. Armand demanda des secours pour continuer la route du Quirbajou.

» On les lui accorda.

» Souvent, pour briser les rochers qui barraient sans cesse le passage, la sape était impuissante, et il fallait recourir à la mine. Un jour, on allait faire sauter un rocher énorme, et déjà la mèche était allumée, quand tout à coup on vit paraître, de l'autre côté de la route, un muletier. Il allait inévitablement périr, chacun resta glacé d'effroi.

» M. Armand, sans hésiter, s'élança, arracha la mèche et l'éteignit sous ses pieds.... Quand un soldat donne une pareille preuve de courage dans les camps, messieurs, on le cite avec admiration !... Ce trait d'héroïsme fut connu de l'empereur. Il écrivit de sa propre main une lettre à l'abbé Armand.

» Voici comment se termine cette lettre autographe de Napoléon :

« L'État deviendra désormais votre trésorier, » puisqu'entre vos mains le billon se change en » or massif. »

» Je prierai M. Armand, tout à l'heure, de nous montrer ce précieux autographe, car c'est chez M. Armand que nous nous rendons ! Des officiers qui se trouvaient dans ma division ont eu la lâcheté d'outrager un vieillard, un prêtre, un héros de dévouement, un héros devant lequel ils eussent dû s'incliner avec respect! Une pareille faute ne pouvait être réparée que par une démarche solennelle. Je me rends donc avec les coupables chez celui qu'ils ont insulté en déshonorant leur épaulette.»

« Général, répondit un des coupables au nom de ses camarades, vos paroles sont sévères, mais nous les méritons. La vivacité de notre repentir et l'empressement que nous allons mettre à obtenir notre pardon de M. Armand diminueront, je l'espère, la gravité de notre faute.

— Voilà qui me réconcilie un peu avec vous, » répliqua le général.

Sur ces entrefaites, ils étaient arrivés à la porte du presbytère. Le curé, entouré d'ouvriers, donnait des ordres. A la vue du général et des officiers qui l'accompagnaient, il resta tout surpris.

« Monsieur l'abbé, dit le général, voici des étourdis bien coupables qui me chargent de vous présenter leurs excuses. »

M. Armand rougit avec la candeur d'une jeune fille.

« J'avais déjà oublié cette espiéglerie, se hâta-t-il de répondre. Messieurs, à votre âge, on peut bien faire quelques folies; mais vous devez être fatigués, daignez accepter l'hospitalité sous mon pauvre toit. »

Le général se rendit à cette offre. Le curé fit les honneurs du frugal repas qu'il offrit à ses hôtes avec une gaieté et un esprit qui charmèrent les officiers et ajoutèrent à leur confusion. En sortant, ils remirent au bon prêtre tout l'or que contenaient leurs bourses.

« Voilà pour vos travailleurs, dirent-ils, monsieur le curé.

— Merci, messieurs, s'écria le prêtre ; oh ! merci. Si vous saviez le bonheur que je ressens à continuer cette œuvre et la reconnaissance que j'éprouve pour ceux qui m'en donnent les moyens ! Que Dieu m'accorde la grâce de terminer ma route, ajouta-t-il avec émotion, et qu'ensuite il me rappelle à lui ! »

Dieu exauça cette prière du bon prêtre ! Au mois de novembre 1814 la route était achevée telle que l'avait conçue son inventeur. En 1822, elle fut classée parmi les routes départementales. Le rapport, à ce sujet, de M. Destrem, ingénieur en chef des ponts-et-chaussées, exprime, dans les termes les plus vifs, l'admiration de l'homme de l'art pour l'œuvre de M. Armand. A partir de cette époque, un service de cantonnement fut établi dans le pays, et l'administration des ponts-et-chaussées, par une exception unique et sans autre exemple assurément, confia la direction de ses ouvriers à une personne étrangère à son corps... Elle l'offrit à M. Armand, qui accepta de faire travailler les pontonniers sous ses ordres.

M. Armand comptait quatre-vingts ans lorsque son œuvre, comme il l'appelait, se trouva complétement achevée. Alors, comme il l'avait souvent demandé à Dieu, Dieu le rappela vers lui.

Un matin que, étendu sur la couche de laquelle il ne devait plus se relever, il priait et

tournait ses regards vers le ciel, son vicaire vint

lui lire une lettre qui portait le cachet de la chancellerie de France. Cette lettre annonçait que, sur le rapport du conseil général des ponts-et-chaussées, le roi avait nommé M. Félix Armand chevalier de la Légion-d'Honneur.

« La croix ! mon cher vicaire, dit en souriant l'abbé, j'en attends bientôt une plus glorieuse de la bonté céleste. »

Il ne se trompait point : quelques instants il souleva la tête, regarda, de sa fenêtre, une dernière fois la route qui avait chassé le péril et la misère loin de ses paroissiens, bénit Dieu et mourut.

« Votre histoire est touchante, frère, » dit mon oncle Samuel tout ému.

Mon père triomphait; quelqu'innocent et inoffensif que fût ce triomphe, ma mère ne chercha pas moins à en atténuer l'impression sur mon oncle.

« Et l'oncle Samuel, dit-elle, ne va-t-il pas aussi nous conter une histoire ? Je suis sûre qu'il va nous intéresser autant que l'a fait votre père. »

Mon oncle toussa légèrement, rougit un peu, et commença ainsi qu'il suit :

« Non loin de la forteresse de Selle, dans la partie de Cambrai que traverse un bras de l'Escaut et qui garde encore le nom maudit de

Trou-d'Enfer, s'élevait jadis une maison d'apparence gothique, sur la façade de laquelle mille figures grimaçantes et bizarres se jouaient, se groupaient, se nouaient, s'enlaçaient ; luxe inouï de cette époque, et qui attestait de l'importance et des richesses du bourgeois qui habitait cette maison.

Un soir que maître Langrené, de retour dans sa famille après un petit voyage, se mettait à table, et qu'il voyait avec joie, assise à ses côtés, sa femme, digne et respectable dame, et ses enfants au nombre de six, à savoir quatre garçons et deux filles, un inconnu entra précipitamment dans la chambre où se tenait le prévôt, et, sans ôter le manteau qui l'enveloppait des pieds à la tête et qui lui cachait le visage, il demanda un entretien secret à maître Langrené, ajoutant qu'il y allait de la vie et de la mort.

Maître Langrené conduisit l'inconnu dans un autre appartement. Jugez de sa surprise lorsqu'il reconnut le marquis de Ramillies, pâle, défait et tout sanglant. Le bourgeois fit un pas en arrière, car le marquis était son ennemi mortel.

— « Le temps m'est précieux, maître, et je ne veux pas, quoique j'aie bien besoin de votre aide, je ne veux pas chercher à me justifier des torts que j'ai eus à votre égard.

» Voici, si vous le désirez, une belle occasion de vous venger ; car mon château se trouve au pouvoir du roi d'Espagne, et ma tête est à prix !

» Je vous ai persécuté, maître Laugrené ; je vous ai fait prisonnier une fois que vous passiez dans mes domaines, et je vous ai mis à rançon : néanmoins, c'est à vous que je viens demander aide et protection pour moi, et surtout pour mes enfants ; pour ma fille Marie, âgée de quinze ans, et pour mon fils Perinet qui n'en a que cinq.

— Vous pouvez compter sur moi, seigneur marquis. Je vais vous donner un vêtement de paysan, et deux de mes domestiques, gens sûrs et dévoués, vous conduiront au château du comte de Niergnies, votre parent. De là vous pourrez sans peine vous réfugier à la cour de France. Quant à votre fils et à votre fille, je vais les garder avec les miens ; et si jamais, ce dont Notre-Dame-de-Grâce daigne nous préserver ! votre fuite n'était pas heureuse, eh bien ! j'aurais huit enfants au lieu de six. Où sont-ils ?

— Ici, » répliqua le marquis de Ramillies, en allant chercher dans la première pièce du logis une jeune fille belle comme un ange, et qui tenait par la main un petit garçon.

Le marquis se déguisa à la hâte avec les habits que lui donna le prévôt. Il prit ensuite des mains de cet homme généreux un poignard et une bourse pleine d'or, et, comme les deux serviteurs qui devaient le conduire étaient prêts et avaient reçu les instructions de leur maître, il fallut partir et quitter ses enfants. Pauvre marquis de Ramillies!

Marie s'agenouilla devant son père, et fit agenouiller le petit Périnet.

« Ne pleurez pas ainsi, ma fille, car vous faites pleurer votre frère; et, dès cette heure, Marie, vous lui devez l'exemple du courage; peut-être, hélas! ne vous reverrai-je plus. Et puisque Dieu vous a ôté votre mère, c'est vous qui restez l'unique soutien de votre frère. Apprenez-lui, mon enfant, à prier pour son père, à bénir son protecteur et le vôtre, maître Langrené, et surtout faites que la crainte de Dieu ne s'éloigne jamais de son cœur. Recevez, ainsi que lui, ma bénédiction... Et adieu, adieu, ma fille, ma fille chérie. »

Le marquis s'éloigna en pleurant, et, j'en suis sûr, c'était la première fois que ce vieux chevalier, habitué à la vie dure de soldat, sentait des larmes couler sur ses joues.

Une nouvelle existence commença dès lors pour Marie. Jusque-là, jeune fille idolâtrée d'un père riche et puissant, elle n'avait jamais connu peut-être une pensée sérieuse. Chacun s'empressait à satisfaire ses moindres désirs, et la vie pour elle s'écoulait facile, heureuse et brillante. Jamais elle n'avait porté ses regards vers l'avenir; jusqu'au moment où l'adversité se dressa tout à coup devant elle, elle n'avait jamais pensé que l'adversité fût possible pour elle.

Seule et sans les devoirs qu'elle avait à remplir auprès de son jeune frère, Marie peut-être aurait perdu courage; mais elle cessa de pleurer afin d'arrêter les larmes de cet enfant, et se mettant à deux genoux, elle implora la protection de Dieu et de la Vierge. Prenant après cela Périnet par la main, elle le conduisit vers maître Langrené, qui considérait avec attendrissement cette scène touchante :

« Vous avez sauvé la vie à notre père; vous nous donnez asile et nous protégez... Homme bon et généreux, j'espère que par ma soumission et par ma reconnaissance, je mériterai tant de bienfaits. Et pourtant, je veux en solliciter encore un autre de vous; c'est de ne jamais me séparer de mon frère.

— Jamais, mon enfant, jamais, je le jure, » répliqua maître Langrené en prenant Marie par la main et en la conduisant à ses deux filles, qui la reçurent en l'embrassant.

Trois jours après, les deux serviteurs que maître Langrené avait chargés de reconduire à Niergnies le marquis de Ramillies, revinrent au logis de leur maître; ils étaient dans un état à faire pitié. Un coup de lance avait percé de part en part l'épaule de l'un d'eux, et les pointes d'acier d'une masse d'armes avaient brisé la tête de l'autre.

Après un court entretien avec ces hommes, maître Langrené, dont le visage et le maintien exprimaient le plus grand chagrin, vint trouver Marie, qui faisait réciter à son frère les oraisons du soir.

« Priez, mon enfant, dit le vieillard, priez, car plus que jamais nous avons besoin de l'aide du Seigneur. »

Marie leva les yeux et pâlit en voyant la consternation de son bienfaiteur.

— « Priez, Marie; il ne faut pas désespérer de la Providence, même lorsqu'elle nous frappe de ses coups les plus rudes.

— Mon père! s'écria Marie.

Maître Langrené ne répondit que par des sanglots.

Mon père! mon père! répéta douloureusement Marie.

Maître Langrené ne put que montrer le ciel...

Marie et Périnet étaient orphelins.

Il fallut transporter la jeune fille dans un lit, et durant trois jours son délire fut si grand que l'on désespéra de sa vie; les remèdes n'y faisaient rien, et les gens de l'art n'ordonnaient que des médicaments insignifiants pour montrer qu'ils n'abandonnaient pas tout à fait la malade. Les regards qu'ils échangeaient entre eux n'attestaient que trop qu'ils regardaient comme inévitable la mort de la jeune fille.

Elle n'avait point encore donné un signe de raison, lorsque la femme de maître Langrené jugeant, d'après son cœur de mère, du cœur de sœur de Marie, prit dans ses bras le petit Périnet et lui recommanda d'appeler doucement sa sœur.

Aux accents de cette voix chérie, la malade attacha sur l'enfant des regards moins égarés. Puis, fondant tout à coup en larmes, elle tendit les bras à Périnet et l'attira sur sa poitrine pour le couvrir de baisers. Quand les médecins revinrent une heure après, ils furent émerveillés de la crise heureuse survenue chez Marie, et déclarèrent qu'elle était sauvée.

A dater de sa complète guérison, Marie ne cessa pas un seul moment de consacrer ses journées entières au petit Périnet. C'était elle qui lui donnait ces tendres soins dont une mère trouve tant de charmes à s'acquitter; c'était elle qui baignait son visage d'eau pure, elle qui disposait les boucles de ses jolis cheveux blonds, elle qui le vêtissait de sa petite robe noire. Après

cela, elle lui enseignait à prier, elle lui parlait de leur père si traîtreusement mis à mort par les Espagnols, et le conduisait par la main à maître Langrené et à dame Marthe sa femme, dont elle demandait la bénédiction, comme s'ils eussent été son père et sa mère; plus âgée que les deux filles de ses bienfaiteurs, elle leur apprenait ensuite à façonner des ouvrages en broderie, et même parfois elle aidait dame Marthe dans la direction de son ménage. Quiconque l'avait connue six mois auparavant n'aurait certes pas retrouvé cette jeune fille naguère capricieuse, frivole et volontaire. Nul n'avait assez d'admiration pour sa patience, son activité, sa raison et sa persévérance. Dame Marthe la chérissait comme sa fille, maître Langrené se serait volontiers mis à deux genoux devant elle, et les six enfants du prévôt la vénéraient à l'égal de leur mère, et lui obéissaient sur-le-champ et avec joie lorsqu'elle leur disait de faire quelque chose. Jamais la maison de maître Langrené n'avait offert autant d'ordre et de paix; le digne homme ne pouvait se lasser de répéter qu'un ange était entré chez lui et lui avait apporté la bénédiction du ciel le jour où le châtelain de Ramillies avait amené sous son toit la jeune Marie et son frère.

Hélas! tant de bonheur ne dura qu'un moment, et une catastrophe épouvantable vint affliger Cambrai : la peste s'y déclara.

Ce terrible fléau éclata dans la ville sans que l'on s'y attendît. Tout à coup, et avant qu'on eût pu songer au moyen d'amortir ses funestes effets; un matin, on entendit répéter de toutes parts : « La peste est à Cambrai! » et les rues se jonchèrent de cadavres livides. Le mal frappait sans distinction et se propageait rapidement. Quiconque touchait un malade, quiconque respirait le même air que lui, tombait frappé de la peste. L'épouvante brisa les liens les plus sacrés ; chacun s'isola, chacun se livra au plus triste égoïsme ; et les moribonds avaient beau appeler du secours, on ne répondait pas à leurs cris, on les laissait mourir.

Quelques hommes généreux, de ce nombre fut le prévôt Langrené, n'imitèrent point un si lâche exemple. Hélas ! ils furent les victimes de leur courage ; l'on ramena chez lui le vieillard atteint de la peste.

En vain dame Marthe essaya-t-elle de s'y opposer, Marie voulut partager et partagea avec elle les soins qu'exigeait le malade. « Pourquoi me refuseriez-vous cette faveur ? disait-elle ; ne m'avez-vous point secourue quand j'étais malade ? Maître Langrené n'a-t-il point veillé près de mon lit quand on désespérait de ma vie ? Maintenant qu'il a besoin de secours, c'est à moi de le secourir ; maintenant que sa vie est en péril, c'est à moi de veiller près de lui. »

Il fallut que dame Marthe cédât.

Le lendemain, Marie avait deux malades à veiller ; car dame Marthe, victime de son dévouement, était aussi atteinte de la peste.

Le lendemain au matin, Marie avait quatre

malades à veiller ; car la peste avait frappé deux des fils de maître Langrené.

Le jour suivant, au soir, Marie avait huit malades à veiller, car la peste avait frappé les quatre autres enfants de maître Langrené. Le cœur lui faillit quand elle se trouva seule au milieu de ces mourants ; seule, car les domestiques épouvantés s'étaient enfuis de cette maison dont la contagion avait fait sa proie. Le cœur lui faillit, car elle ne pouvait, comme elle l'aurait voulu, consoler leurs plaintes et calmer leurs douleurs.

« Saints et saintes du paradis, songeait-elle, si le Seigneur et vous ne me prenez pas en pitié, que vont devenir mes bienfaiteurs ? Mon Dieu, si ma dernière heure est marquée, daignez la différer jusqu'au moment où mes secours ne leur seront plus nécessaires. »

Et puis elle reportait les yeux sur son petit frère, et de nouveaux désespoirs venaient la saisir. Car, hélas ! quel serait le sort de l'infortuné si jamais il perdait sa sœur ?

Mais avec une force au-dessus de son âge, elle repoussa ces idées et ce découragement, et se mit à prodiguer des soins aux huit infortunés gisant autour d'elle. Comment fit-elle ? Dieu seul le sait. Ce que l'on raconte, c'est que ni jour ni nuit, un des malades n'attendait en vain le breuvage bienfaisant qu'il demandait pour ses lèvres brûlantes; c'est qu'un vieux prêtre qui allait, de maison en maison, porter la parole de Dieu aux pestiférés, sortit de chez le prévôt en levant les mains au ciel avec admiration et en s'écriant : « Cette jeune fille est un ange. »

La quatrième nuit, Berthe, la plus jeune des petites filles de maître Langrené, appela Marie d'une voix faible. Marie accourut aussitôt.

« Marie, dit l'enfant, j'ai froid par tout le corps, mes yeux ne distinguent plus la clarté de la lampe, donne-moi la main. »

Marie lui donna la main, tout à coup elle sentit le bras de Berthe se roidir, et l'enfant expira.

Tous les enfants du prévôt moururent, et quand il devint convalescent, ainsi que sa femme, lorsque le pauvre homme demanda à Marie : « Où sont Berthe, Daniel, Lydorie, Jacques, Eléonore, Eustache ? » Marie ne put que répondre au vieillard, en lui présentant son frère :

« Voici vos enfants. »

Il fallut à maître Langrené bien du courage et bien de la résignation pour supporter un si rude coup. Sa femme, malgré sa piété exemplaire, ne put s'empêcher de murmurer contre les décrets de Dieu ; mais le vieillard lui imposa doucement silence.

« Pleurez, femme, lui dit-il, mais ne blasphémez pas ; le Seigneur n'a point accumulé sur nous toutes ses rigueurs, puisqu'il nous laisse cet enfant auquel nous devons la vie.... Triste et douloureux présent, ajouta-t-il en laissant tomber de grosses larmes : mais que la volonté de Dieu soit faite ! »

Un an après, la douleur causée au prévôt et à sa femme par la perte de leurs enfants ne se trouvait point guérie ; néanmoins, le temps et les soins de leur fille adoptive l'avaient changée en une mélancolie douce et supportable. Le vieillard, et surtout la pauvre mère, parlaient sans cesse de ces chers enfants, leur joie et leur espérance ; ils répétaient que pour eux il n'y avait plus de bonheur au monde ; puis ils interrompaient ces doléances pour bénir Marie, Marie, consolatrice infatigable, dévouée comme la meilleure des filles pour le meilleur des pères.

Quant à Marie, sans les chagrins de ses bienfaiteurs elle se serait estimée heureuse. Son jeune frère répondait à merveille à l'éducation qu'elle lui donnait, et payait sa tendresse du plus vif retour. S'il se montrait fougueux, hardi, emporté, il ne fallait qu'un mot, qu'un regard de sa sœur pour le rendre calme ; et lorsqu'on lui disait : « Ce que vous faites, Périnet, causera du chagrin à votre sœur Marie, » on était bien sûr qu'il cessait aussitôt.

Maître Langrené et dame Marthe reportèrent peu à peu sur ces deux enfants l'amour qu'ils avaient naguère pour ceux que la volonté du ciel leur avait enlevés ; ils formaient des projets sans fin pour leur assurer un avenir de bonheur. « Ils ne seront point, Périnet marquis et Marie grande dame, disait-il à Marthe, car les Espagnols tiennent les biens de leur père, et ce que tiennent les Espagnols, ils ne le rendent pas. Le chaperon de prévôt des marchands n'est pas d'or doublé de drap, comme la couronne de marquis, mais il est de drap doublé d'or, et en outre il tient mieux sur la tête. A défaut de la première, Périnet se coiffera du second; car vienne la Saint-André, je l'adopterai pour mon fils ainsi que Marie pour ma fille. Qu'en dites-vous, ma chère femme?

— Vous ferez bien, Langrené : quant à Marie, j'ai aussi mes projets sur elle. Voilà qu'elle compte seize ans et que nous nous faisons vieux. J'ai en vue pour elle un mariage riche, que l'adoption de la jeune fille par nous rendrait la chose du monde la plus facile : je veux parler de Gontran Beaupréau, fils de Jacques, le plus riche mulquinier de tout Cambrai. C'est un jeune homme doux, rangé, qui ferait le meilleur époux que l'on puisse voir. Un tel mariage ne serait point déchoir, même pour la fille d'un monarque. »

Lorsque Marie entendait de tels propos, elle disait à maître Langrené et à sa femme :

« Ne suis-je pas heureuse comme je suis à présent? Je ne veux pas vous quitter, non plus que dame Marthe et mon frère. Je veux vivre et mourir près de vous. »

Les bonnes gens s'attendrissaient à de tels propos, et n'en caressaient pas moins leurs projets. Hélas ! ils furent détruits d'une façon bien cruelle.

Une nuit que Marie dormait profondément, elle fut tout à coup réveillée par un bruit effroyable, et, quand elle ouvrit les yeux, elle se vit de toutes parts entourée de flammes. Saisissant à la hâte quelques vêtements, elle veut courir à la chambre de son frère, elle veut courir à la chambre de ses père et mère adoptifs ; impossible, des torrents de feu roulent devant elle, des poutres s'abattent avec un horrible fracas ; il faut qu'elle reste là dans sa chambre, que l'incendie gagne de moment en moment. Que Dieu prenne pitié d'elle !

Elle tomba sans connaissance ; et, quand elle revint à elle, elle se trouva en plein air, entourée de son frère, de maître Langrené et de sa femme, qui lui prodiguaient des secours et s'efforçaient de la rendre à la vie. Quand on la vit entr'ouvrir les yeux, chacune de ces trois personnes jeta des cris de joie, et ce ne fut qu'après la première effusion passée qu'ils se ressouvinrent du malheur qui les avait frappés et qu'ils en calculèrent toute l'étendue. Il ne restait rien, absolument rien, à maître Langrené ; on n'avait pu sauver les riches et précieuses toiles qui formaient uniquement sa fortune, et dont ses magasins se trouvaient remplis. Il y avait pour cent mille écus de perte, somme des plus considérables au temps où se passait l'histoire que je raconte.

Maître Langrené comptait sur l'aide de plusieurs personnes qu'il avait obligées en diverses occasions ; mais il ne trouva chez ces gens que de vaines et stériles protestations d'amitié ; si bien qu'il lui fallut se démettre de ses fonctions de prévôt des marchands et se réfugier dans un pauvre logis de village. Dire son abattement et les larmes de dame Marthe serait vraiment impossible.

Quant à Marie, elle sembla puiser dans ce malheur une constance et une énergie nouvelles, et elle se soumit sans un murmure aux exigences de sa nouvelle position. Les travaux les plus rudes, les nuits à passer pour procurer un peu d'aide à ses parents adoptifs ne la rebutaient pas et la trouvaient plus joyeuse qu'elle ne l'avait jamais été. C'est que rien ne donne de sérénité comme le sentiment d'un devoir accompli. Vêtue de bure, astreinte à préparer de ses mains le repas de famille, elle ne négligeait point pour cela l'éducation de son frère ; elle parvenait même à conserver à ce cher enfant une partie du bien-être dont il jouissait naguère, afin que le coup subit de la fortune ne lui parût point trop rude.

Ainsi quelques années s'écoulèrent encore.

Malgré leur grand âge, maître Langrené et sa femme restaient exempts des infirmités de la vieillesse, et s'étonnaient chaque jour que la misère ne fût pas plus rude à supporter, et qu'elle pût même offrir tant de paix et tant de joie. Périnet comptait quinze ans, et, grâce aux soins de sa sœur, on le citait comme un jeune homme pieux, et dont une éducation sage tempérait l'impétuosité de son caractère.

Un soir que toute la famille du prévôt se trouvait rassemblée près du foyer, car les liens du malheur avaient plus que jamais formé une seule famille de maître Langrené et des enfants du sire de Ramillies, un héraut d'armes de l'évêque, suivi de quatre soldats, vint s'arrêter devant la porte du logis, mit pied à terre et demanda à s'entretenir en particulier avez maître Langrené.

— « Vous avez recueilli chez vous, lui dit-il, les héritiers du marquis de Ramillies, lorsque les méfaits de ce châtelain le firent poursuivre à main armée par la justice de monseigneur l'évêque et de messire le gouverneur espagnol.

« Le domaine et la forteresse de Ramillies furent donnés à Eustache de Crèvecœur, dont les services avaient été utiles à la cause épiscopale, et il en est demeuré possesseur jusqu'à présent.

» Mais voici qu'une lâche trahison le fait démériter de ses bienfaiteurs, et ils ont résolu de lui ôter un fief dont il n'était plus digne, et de le restituer à l'héritier légitime du marquis. Donc, qu'il se rende tôt avec moi auprès de monseigneur, parce qu'il y retrouvera sa couronne de marquis et une bonne et sûre escorte pour aller reprendre possession du domaine de son père. »

On peut se figurer la joie et la surprise qu'une telle nouvelle apporta dans la chaumière de maître Langrené. Périnet se revêt de ses plus beaux atours, ainsi que Marie et les deux vieillards, dont ne voulurent pas se séparer leurs enfants d'adoption.

— « Vous partagerez nos bons jours comme nous avons partagé vos bons et vos mauvais, leur dirent Marie et Périnet ; nous sommes vos enfants comme par le passé. »

Après deux jours passés dans le palais épiscopal, Périnet et Marie, sous la conduite de cinquante hommes d'armes, se mirent en route pour Ramillies, dont les habitants, fatigués du joug pesant et cruel d'Eustache de Crèvecœur, vinrent joyeusement et en grande pompe au-devant du fils de leur ancien maître.

Tandis qu'ils s'empressaient autour des deux jeunes gens et qu'ils s'extasiaient devant la bonne mine de Périnet, et plus encore devant la beauté candide et avenante de la demoiselle Marie, un traître dévoué à Eustache de Crèvecœur, et gagné à prix d'or, profita du tumulte pour viser de son arbalète le jeune marquis et pour lui décocher une flèche. Marie s'en aperçut tout à coup, et, couvrant de son corps la poitrine de son frère, elle se jeta au-devant du coup.

Qu'on juge quelle fut la consternation générale lorsqu'on vit la jeune fille tomber expirante et baignée dans son sang! Tandis que les uns s'empressaient de la secourir, les autres cherchaient l'assassin pour le mettre en pièces; mais on ne put le découvrir : le tumulte qui survient presque toujours en de tels événements favorisa sa fuite et rendit vain tout espoir de vengeance.

Périnet pressait dans ses bras le corps inanimé de sa sœur; il cherchait à la rappeler à la vie, il étanchait le sang qui coulait de sa blessure; il ne pouvait croire qu'elle n'était plus, et son désespoir aurait attendri l'assassin lui-même.

« Oh! ma sœur! s'écria-t-il, ma sœur! ouvre tes yeux, ne les laisse pas fermés de la sorte. Parle-moi! dis-moi un mot, rien qu'un seul mot. Que veux-tu que je devienne sans toi, sans tes conseils? Ma sœur! ma sœur! Non! elle reste là dans la même immobilité. Seigneur, ayez pitié de moi; car, dites, que voulez-vous que je fasse sans ma sœur? »

Il faut maintenant laisser écouler une année tout entière et nous transporter à Ramillies.

Il est nuit; une grande agitation règne dans le château, et le vieux marchand Langrené parle avec chaleur au jeune marquis.

« Non, monseigneur, lui dit-il, non, vous ne violerez point les droits de l'hospitalité; ce serait entacher votre écu et déshonorer votre nom.

Sans doute le sire de Crèvecœur est votre ennemi, et il a été long-temps le détenteur des biens de votre famille; mais à présent il est malheureux, il vient vous demander asile; il ne lui reste ni feu ni lieu, et vous voudriez le faire jeter dans un cachot et lui donner ensuite une mort infamante. Monseigneur, ne le faites pas. Oh! je vous en prie, ne le faites pas!»

Périnet se rendait presque aux sollicitations du vieillard, lorsque son écuyer, Jacques Beautaulais, entra dans la salle, et vint parler bas à l'oreille du marquis. Cet homme exerçait sur son jeune maître une influence que l'on ne pouvait s'expliquer, car il était farouche d'aspect et de caractère, et on lui imputait, à tort ou à raison, des méfaits odieux; il venait d'avoir un entretien avec le prisonnier, et il en sortait tout pâle et tout agité.

« Monseigneur, murmura-t-il à l'oreille du marquis, hâtez-vous de vous délivrer du sire de Crèvecœur; il lui reste, je l'ai découvert, beaucoup de partisans dans vos domaines, ils veulent tenter un mouvement en sa faveur et vous renverser pour lui rendre votre couronne. Hâtez-vous d'en finir avec lui, ou bien c'en est fait de vous.

— Monseigneur, répliqua maître Langrené qui entendit ces dernières paroles, monseigneur, n'en faites rien, car on dirait que vous êtes un lâche et un félon.

— Vous êtes bien insolent de parler de la sorte à monseigneur, s'écria l'écuyer Beautaulais.

— Monseigneur, vous souffrez que l'on me parle ainsi devant vous, à moi, maître Langrené.

— Vous n'avez que ce que vous méritez. Pour je ne sais quels vieux services que vous m'avez rendus, je ne sais quand, vous venez sans cesse vous mêler de mes actions, contrôler mes projets, et m'apporter votre avis sans que je vous le demande. Que cela n'arrive plus désormais, ou bien....

— Ou bien ?... demanda douloureusement le vieillard.

— Ou bien monseigneur, dit Beautaulais, vous fait chasser de sa châtellenie.

— Monseigneur, les paroles de cet homme expriment-elles votre pensée ?

— Dites oui, monseigneur, ou bien il se montrera plus fatigant que jamais.

— Oui.

— Alors que Dieu et la sainte Vierge vous prennent en pitié ; car, ma femme et moi, nous sortirons sur l'heure de ce château inhospitalier. Adieu, monseigneur, que Dieu vous protège ! »

Périnet sentit son cœur se gonfler, et il voulut aller au vieillard, lui demander pardon des dures paroles qu'il lui avait dites, et le supplier de ne point le quitter. Mais telle est l'influence des mauvais conseils, telle est la fausse honte excitée par ces mauvais conseils, que Périnet, retenu par l'écuyer Beautaulais, ne céda pas à ce mouvement généreux, et vit partir son vieux bienfaiteur sans lui adresser un mot.

Sur ces entrefaites la nuit était venue, et, resté seul dans une profonde obscurité, Périnet, plein d'agitation, se livrait à ses tristes pensées,

lorsqu'il entendit, à quelques pas derrière lui,

un bruit semblable au bruit que feraient les larmes d'une femme. Surpris, il se retourna, et vit un ange qui pleurait, la tête appuyée sur ses deux mains. Périnet s'agenouilla devant cette merveilleuse apparition, et l'ange leva la tête. Jugez de ce qu'il éprouva en reconnaissant, dans les traits de la créature céleste, les traits de sa sœur, de Marie, morte victime d'un sublime dévouement pour son frère. Oui, c'étaient bien ses beaux cheveux blonds, son regard triste et doux, son maintien gracieux et chaste; c'était Marie, mais couronnée d'une auréole dont l'éclat vaporeux semblait un reflet de la lueur de la lune, mais balançant dans les airs deux ailes d'azur et d'or qui frémissaient avec un bruit mystérieux.

« Périnet! dit-elle lentement et d'une voix douloureuse, Périnet! mon frère!

— O Marie, ô ma bien-aimée sœur Marie!

— Nous n'étions pas même séparés par la mort, mon frère, car j'étais sans cesse près de toi, et nous voici maintenant séparés pour l'éternité. Adieu pour jamais!

— O ma sœur! quelles terribles malédictions dis-tu ici?

— Elles ne sont que trop vraies, mon frère. Quand mon âme s'envola vers le Créateur, le Tout-Puissant me demanda : « Quelle récompense demandes-tu pour ta vie chaste et ta mort sainte? — Veiller sur mon frère, dis-je. — Deviens donc son ange gardien, » répondit la voix éternelle. Et au même instant je sentis sur mon front la douce chaleur de l'angélique auréole, des ailes me soulevèrent dans les airs, et l'ange qui veillait près de toi, me prenant par la main, m'amena sur la terre, et puis il remonta dans les cieux. Je ne t'ai point quitté depuis ce temps-là, mon frère; et juge de mon chagrin quand, malgré mes efforts, j'ai vu ce misérable écuyer Beautaulais prendre sur toi une influence qu'il doit au démon. Cet homme que tu écoutes avec tant de complaisance, cet homme pour lequel tu chasses tes bienfaiteurs, cet homme est mon assassin. C'est lui qui, pour une somme d'or, a décoché sur toi la flèche qui m'a frappée au cœur. Maintenant, pour que tu n'apprennes pas un si terrible mystère, il veut t'empêcher de voir le sire de Crèvecœur, et il exige sa mort afin que la tombe rende impossible la révélation de son crime.

— O ma sœur! ma sœur! je vais réparer tout le mal que j'ai fait, il en est temps encore; je vais me jeter aux genoux de maître Langrené, je vais le supplier de demeurer près de moi, et désormais je n'agirai plus que par ses conseils. Le sire de Crèvecœur va être délivré sur l'heure, et l'infâme Beautaulais prendra sa place dans la prison, puis ensuite au gibet. »

L'ange gardien disparut, et Périnet de Ramillies exécuta fidèlement les promesses qu'il avait faites ; le prisonnier fut délivré de ses fers, l'assassin subit la peine de son crime, et la maison du jeune seigneur prospéra et devint plus florissante que jamais, grâce aux bons conseils du vieux Langrené.

On raconte enfin que le jour où Périnet de Ramillies rendit le dernier soupir, après une vie longue, heureuse et honorée, ses enfants et ses petits enfants virent un ange qui vint chercher l'âme du mourant et l'emmena dans le ciel, au milieu des chants divins, et tels que jamais oreille humaine n'en avait entendu.

Maintenant encore, à Ramillies, lorsque les jeunes filles se montrent désobéissantes, leurs mères disent en soupirant : « Vous allez faire pleurer l'ange gardienne Marie. » Et les jeunes filles s'arrêtent dans leurs fautes, prient et obéissent. »

Ma mère applaudit et félicita mon oncle sur cette légende pleine d'un intérêt tendre et pleine de mystère, dit-elle avec son indulgence habituelle. Mon père tira sa montre : « Il n'est encore que onze heures, frère, dit-il, redis-nous donc l'aventure qui t'est advenue en Bretagne dans le voyage que tu y fis pendant ta jeunesse. Cette histoire m'a toujours fort touché, et tu la contes à ravir. »

Mon oncle Samuel rougit légèrement, car il était fort sensible aux éloges de son frère, dont il redoutait les taquineries habituelles.

« Volontiers, dit mon oncle. *Incipio.*

A une lieue environ, au milieu des landes, gisent enfouies les ruines et les fondations d'un château disparu depuis bien des années, et vers lequel se hâtait, un soir du douzième siècle, de revenir un chevalier dont la suite se composait d'un seul écuyer. Lorsqu'il sonna du cor, suivant l'usage, pour qu'on lui baissât le pont-levis, le pont-levis ne s'abattit point, mais un seigneur parut sur les remparts.

— Que voulez-vous ? cria-t-il au chevalier.

— Mon frère, répliqua celui-ci, mon frère; je reviens pour recevoir la bénédiction de monseigneur mon père, embrasser madame ma mère, et vous féliciter de votre retour.

— Monseigneur mon père ne vous donnera point sa dernière bénédiction. Il repose près de son épouse, sous les dalles de la chapelle. »

A cette fatale nouvelle, le chevalier se mit à fondre en larmes.

« Faites baisser le pont-levis, mon frère, dit-il, dès que ses sanglots lui permirent de parler, faites baisser le pont-levis, afin que je puisse aller pleurer sur la tombe de mon père.

— Il n'y a plus, pour vous, de place dans ce château, interrompit durement le seigneur, il n'y a plus ici de place pour le cadet Jehan de Garro. J'ai fait serment de ne jamais laisser rentrer dans ces murs le fils qui a laissé mourir son père sans défense, et qui l'a livré à nos ennemis. Les ennemis sont venus assaillir le château et y mettre tout à feu et à sang. Tandis que vous restiez, un mois, au loin à chercher de folles aventures, on assassinait votre père et votre mère. Je ne suis arrivé, de Terre-Sainte, à temps que pour les venger !

— Mon frère, ne suis-je pas assez puni par mes remords et par mon désespoir ? Mon frère, laissez-moi prier une heure, un moment sur le tombeau de monseigneur mon père et de madame ma mère, et puis je quitterai ce château pour n'y plus revenir.

— Ni une heure ni un moment, ni même le temps de dire un *De profundis.* »

Et l'impitoyable châtelain se retira sans écouter les lamentations de son frère. Tout à coup il reparut, et une lueur d'espérance ranima le chevalier ; mais, hélas ! le cruel ne revenait que pour ordonner à l'écuyer de quitter son maître et de rentrer au château.

— Vous êtes mon vassal, cria-t-il à l'homme d'armes, et je vous enjoins, sous peine de la hart, d'abandonner cet homme, et de rentrer à l'instant sous ma bannière. »

L'écuyer hésita quelques instants, puis il obéit.

Le pont-levis s'abaissa, laissa passer l'homme d'armes, et se releva. Le chevalier, abandonné de tout sur la terre, resta là pleurant, maudissant son frère, et ne sachant à quel parti s'arrêter.

Lorsque l'horloge du château sonna minuit, la dernière vibration de la cloche n'était pas encore éteinte, qu'un homme enveloppé d'un large manteau parut tout à coup en face de Jehan, et se mit à le regarder sans proférer un seul mot. Il tourna trois fois autour de lui, puis il se replaça de nouveau en face du chevalier, haussa les épaules, partit d'un grand éclat de rire, et se disposait à continuer sa route, lorsque Jehan l'interpella.

« D'où viennent, messire, je vous prie, ces marques de mépris et de sarcasmes? Savez-vous que je ne suis point de nature à les endurer? »

Ces paroles parurent intimider fort peu l'inconnu.

« Si je me moque de vous et si je vous méprise, répliqua t-il, c'est que vous m'en donnez le droit. Voulez-vous que j'admire un chevalier qui ne sait que gémir et proférer des malédictions quand il devrait agir et se venger.

— Et que feriez-vous donc à ma place!

— Ce que je ferais!... je bâtirais un château ici-bas, derrière vous, sur cette hauteur, et au milieu de ces marais imprenables. Là, face à face avec mon ennemi, je lui rendrais insulte pour insulte, menace pour menace. »

Ce fut au tour du chevalier à hausser les épaules.

— « J'ai affaire à un fou! » pensa t-il.

Puis il ajouta tout haut :

— « Si vous n'avez point d'autre conseil à donner, gardez-le pour vous. Il faudrait cinq ans pour bâtir le château que vous me conseillez d'élever là-bas.

— Il faudrait une heure, répondit l'inconnu.

— Et qui donc êtes-vous pour bâtir une forteresse en une heure? »

L'inconnu laissa tomber son manteau, et Jehan reconnut le démon.

— « Arrière! ennemi des hommes! s'écria le chevalier. Arrière! car je ne veux point de tes secours, au prix que tu m'en demanderais!

— Voilà bien l'injustice ordinaire des hommes, murmura le diable en feignant d'essuyer une larme. Je passe, je vois un brave chevalier

au désespoir; je me souviens que j'ai été autrefois un ange de miséricorde, et je lui viens généreusement en aide. Il se figure que je ne veux le secourir que par un vil intérêt! Sire Jehan, vous êtes un ingrat! Je ne vous demande ni pacte, ni promesse, ni aucune autre chose si importante qu'elle soit. Laissez-moi faire un peu de bien une fois en ma vie; c'est là toute la satisfaction que j'espère et que j'attends de vous. »

Le chevalier ne savait trop que croire de ces paroles bénignes.

— « Eh, bien ! soit, dit-il après un moment de réflexion. Bâtis le château que tu m'offres; mais, je te le répète, en échange je ne te donne rien, je ne te promets rien ! Je ne manque en rien à ce que je dois à Dieu. »

A ce nom saint et redoutable, Satan frissonna de tous ses membres, et faillit tomber à la renverse.

— « Silence ! dit-il, ne prononce jamais ce mot fatal. Regarde. »

Il prit un sifflet d'or qu'il portait à sa ceinture, et en tira quelques sons. A l'instant des flammes bleuâtres sortirent de la terre, et l'on entendit mille bruits étranges. Des marteaux frappaient, des scies mordaient, des truelles frottaient, des poulies grinçaient, les crics mêlaient leurs voix sourdes aux morsures aiguës des limes et aux coups éclatants des enclumes. Le démon déploya de larges ailes de vautour, s'éleva dans les airs, et plana quelque temps au-dessus du rideau mystérieux de flamme. Une heure s'était à peine écoulée qu'il fit signe à Jehan d'avancer. Tout se tut, tout s'éteignit alors, l'ange réprouvé disparut, et le chevalier se trouva vis à vis d'un vaste château savamment fortifié, et dans lequel il entra, non sans défiance, dès que le jour parut.

Aucune malencontre ne lui advint. Il parcourut les remparts, visita les tourelles, pénétra dans le corps d'habitation, descendit dans les écuries. Rien n'y manquait, sauf des hommes. Les salles d'armes regorgeaient de casques, de cuirasses, de boucliers, de lances et d'épées; des chevaux tout harnachés semblaient attendre des cavaliers; les greniers, les celliers regorgeaient de provisions. Enfin, dans une pièce voisine de la chambre à coucher, pièce fermée par une porte de fer, il y avait cent tonnes d'écus d'or.

Jehan toucha cet or, et fit dessus le signe de la croix sans qu'il se changeât en feuilles sèches, comme il arrive presque toujours quand le diable donne des trésors. Il croyait faire un rêve. Un seul endroit lui restait à visiter, c'était la tour que vous voyez là, et de l'usage de laquelle il ne pouvait se rendre compte, car elle surgissait seule au milieu de la cour, et, complétement isolée, dominait les autres constructions. Il en ouvrit la porte de fer, monta l'escalier étroit et tournant, et arriva dans une petite salle ronde, des fenêtres de laquelle on voyait au loin dans la campagne, et jusque dans la cour du château de Garro!

Jehan reconnut son frère qui passait en revue ses hommes d'armes, et les faisait manœuvrer.

Par un prodige inexplicable, on pouvait distinguer, de cette fenêtre éloignée, jusqu'aux moindres traits du visage des personnes qui se trouvaient dans le château.

En reportant les yeux dans l'intérieur de la tourelle, le chevalier lut, sur une dalle de marbre, ces mots gravés en lettres rouges.

— « Frappe, et je viendrai. »

« Le ciel me préserve d'user de ce pouvoir, dit en riant le chevalier. Beau sire Satan, ne compte pas que j'use jamais cette pierre avec la pointe de mes éperons. » Et il redescendit dans la cour, fort embarrassé de savoir de quelle manière rassembler des vassaux et des hommes d'armes pour peupler et pour défendre son château.

Comme il se disposait à lever le pont-levis pour empêcher le premier venu d'entrer et de prendre possession, à sa grande surprise il vit son écuyer qui sortait du château de son frère, suivi de trente à quarante hommes d'armes. Il courut au-devant de lui, l'appela et lui montra le cadeau que le démon venait de lui faire. L'écuyer n'hésita point alors à revenir à son ancien maître, et engagea ses compagnons à quitter le service pénible du sire de Garro pour s'attacher à un meilleur maître. Ceux-ci, mauvaise gent de soudards sans foi ni loi, acceptèrent sans balancer cette offre de trahison, et Jehan se vit ainsi en mesure de défendre son nouveau domaine. Bientôt la nouvelle du château merveilleux se répandit dans le pays, et il arriva de toutes parts des gens aventureux pour s'enrôler sous la bannière d'un chevalier protégé par un pouvoir surhumain, et qui prodiguait, en outre, l'or à ses serviteurs.

Un soir, à la tête de troupes considérables, Jehan se mit en campagne contre son frère, et il ne se passait point de jour qu'il n'attaquât et ne fît prisonnières les troupes qui sortaient du château de Garro, soit pour combattre, soit pour aller chercher des approvisionnements.

Plusieurs fois son frère lui fit proposer la paix, mais il refusa toujours d'entrer en accommodement avec lui et continua la guerre acharnée qu'il lui faisait.

A quelque temps de là il y eut un grand tournoi à Vannes. Jehan y parut avec un nombreux cortége d'hommes d'armes et un luxe merveilleux d'armes et d'équipages. Sa vaillance et son adresse lui valurent les honneurs de la lice, et il reçut le prix des mains d'une jeune fille, nièce du comte.

La fête terminée, il envoya son sénéchal demander en mariage cette jeune fille pour le chevalier Jehan de Garro, lui faisant savoir que ce chevalier était riche, puissant et à la tête de nombreuses troupes. Mais le comte de Vannes, en homme prudent, refusa de donner à sa nièce un mari dont la fortune provenait de sources si mystérieuses et si étranges. Jehan revint dans son manoir la rage au cœur et jura de se venger. Il ne tint que trop ce serment impie, car il déclara dès le lendemain la guerre au comte de Vannes, désola les environs de la ville et jeta la terreur dans tout le pays.

Un jour qu'il parcourait les remparts de son château, il aperçut un cortége nombreux qui se dirigeait vers le manoir de son frère, et il distingua une femme au milieu des cavaliers. Aussitôt il donna ordre à trente de ses hommes d'armes de courir sur cette troupe, et il monta dans la tour isolée afin de mieux voir ce qui allait advenir. Les hommes d'armes arrivèrent trop tard. Le cortége pénétra dans le château, et jugez de son désespoir quand il reconnut la nièce du comte de Vannes dans la femme voilée qui arrivait chez son frère. Mais ce désespoir devint bien plus grand encore quand il vit son frère prendre la main de la jeune fille et la conduire en grande pompe vers la chapelle.

« Malédiction ! s'écria-t-il éperdu de rage, malédiction ! elle va l'épouser ! Je suis perdu ! ». Et il frappa violemment du pied les dalles de marbre de la tourelle. Aussitôt il sentit une main se poser sur son épaule et une voix murmurer à son oreille :

— « Me voici ; que veux-tu ?

— Arrière ! arrière ! Satan ! retire-toi. Je ne suis déjà que trop faible contre la rage qui me mord au cœur.

— Je croyais que tu m'avais appelé. Tu ne veux pas de moi ? adieu, je me retire. Aussi bien cela m'arrange, car les fêtes du mariage de ton frère sont magnifiques, le vin y va couler à grands flots, les blasphèmes et les dagues n'y feront pas faute, et je compte ne pas y perdre mon temps. Au revoir !

— Sa femme, s'écria Jehan, sa femme ! Ce n'est donc point une illusion ! elle l'épouse.

— A moins que tu ne veuilles l'empêcher ! Un mot, et elle n'est pas à lui ! un geste, et elle t'appartient.

— Que veux-tu pour cela ?

— Rien.

— Rien. Tu me trompes.

— Je jure, par l'éternité de l'enfer, de ne toucher ni à ton corps ni à ton âme, et de te les laisser intacts ici-bas.

— Que faut-il faire ?

— Assieds-toi sur mon épaule, prends cette arbalète et décoche ce carreau. »

Le chevalier obéit. Le démon étendit ses ailes et plana un moment sur le château du frère du chevalier. Aussitôt des cris s'élevèrent dans le château de Garro, et l'on apporta sanglant et à demi mort le frère de Jehan. Le fatal carreau d'arbalète se dressait au milieu de sa poitrine.

Il jeta un regard sinistre vers son frère et expira.

Pendant que cela se passait, les chaînes du pont-levis se brisaient miraculeusement, les hommes de Jehan s'introduisaient dans le château, s'emparaient de la fiancée et l'emmenaient à leur maître.

— « Fratricide! lui dit-elle dès qu'elle l'aperçut, assassin! n'espère jamais que j'oublie celui à qui je devais être unie.

— Veux-tu qu'elle l'oublie? demanda Satan. Veux-tu qu'elle ne garde aucun souvenir du passé ?

— Je le veux. »

L'ange réprouvé étendit ses ongles de fer et la jeune fille, frappée de stupeur, promena ses mains blanches et ses doigts effilés sur son front pâle, comme pour y rappeler la pensée. Puis elle se prit à rire et à chanter une chanson. Elle était folle.

Et tandis que Jehan se retournait vers Satan pour lui reprocher sa trahison, il vit à côté du diable un fantôme livide, la poitrine percée d'un carreau d'arbalète, et qui disait le mot horrible qu'avait cessé de dire la jeune fille :

— « Fratricide ! fratricide ! fratricide ! »

Puis une femme, enveloppée du suaire des trépassés, écarta le voile funèbre de son visage, montra à Jehan les traits de sa mère et dit aussi :

— « Fratricide ! fratricide ! fratricide ! »

Une voix se mêla à la sienne, voix non moins redoutable et non moins accusatrice :

Et cette voix était celle du père de Jehan.

Tous les trois s'avancèrent vers la folle. Le père releva son voile, la mère jeta sur son front le linceul qui l'enveloppait, le frère prit du sang de sa blessure au bout de son doigt et en traça un collier de pourpre sur la poitrine de celle qui était naguère sa fiancée ; puis ils répétèrent en chœur :

— « Fratricide ! fratricide ! »

Depuis ce temps les deux châteaux de Garro sont tombés en ruines. Il n'en reste que ces débris qui nous abritent et la tour du Démon qui se dresse devant nous. Si quelqu'insensé projette une alliance avec l'ange des ténèbres, qu'il vienne dans cette tour à minuit, qu'il frappe du pied les dalles de marbre.

En ce moment la tempête apporta jusqu'à nous les sons plaintifs de l'horloge de Vannes qui sonnait minuit. Un oiseau nocturne jeta un cri plaintif, et nous nous levâmes précipitamment tous les trois.

Le bon chanoine qui me raconta cette légende sourit, et comme la pluie tombait avec moins de violence, il ouvrit le large parapluie dont il ne se séparait jamais dans ses excursions.

Nous regagnâmes de notre mieux la ville de Vannes, ou plutôt de *Vennes*, comme prétendait qu'il fallait dire l'excellent chanoine Mahé. »

— « Mon histoire vaut décidément mieux que les deux vôtres, dit mon oncle en reprenant avec mon aïeul son attitude d'amicale agression.

— Vous avez raison, dit Samuel un peu ému. Votre histoire vaut mieux que les miennes, elle les dépasse même en merveilleux. Votre pauvre prêtre a opéré un véritable miracle, un miracle aussi surprenant que la résurrection d'un mort ; car, dans nos temps d'égoïsme, ressusciter de la générosité et de nobles sentiments dans le cœur des hommes, c'est plus que rendre la vie à un cadavre.

— Minuit, minuit sonne ! interrompit ma mère ; bonsoir ! Il est plus que temps de nous mettre au lit, car il faut nous lever de bonne heure pour que les enfants n'attendent pas demain matin les joies de la Saint-Nicolas. »

Nous allâmes tous nous coucher.

BIBLIOTHÈQUE ROYALE I

FIN.

Ouvrages en vente et approuvés par Monseigneur l'archevêque de Paris.

Prix : broché, 30 centimes ; cartonné, 3[illegible]

- Histoire de l'Ancien Testament. 3 vol.
- Histoire du Nouveau Testament. 2 vol.
- Histoire de France. 4 vol.
- Promenades géographiq. 2 vol.
- Petite Morale en action et en images. 2 vol.
- Petite Histoire des Arts et Métiers. 2 vol.
- Petite Histoire de Paris et de ses environs. 1 vol.
- Éléments de la Grammaire française. 1 vol.
- Fables choisies de La Fontaine. 1 vol.
- Arithmétique. 1 vol.
- Pierre Desbordes ou le danger des mauvaises liaisons, par M. d'Exauvillez. 2 vol.
- Le Nid de Ramoneurs. 1 vol.
- La Bûche de Noël. 1 vol.
- Histoire d'Angleterre. 4 vol.
- Laideur et Beauté. 1 vol.
- Les Péchés capitaux, par M. Fournier. 2 vol.
- Histoire de sainte Geneviève, p. M. Valentin. 1 vol.
- Histoire de saint Vincent de Paul, p. M. Nizart. 1 vol.
- Le père Lejeune et Samuel le bon fils, par M. A. Chailly. 1 vol.
- L'habitant des Ruines, id. 1 vol.
- Les Pains de six livres, par M. H. Berthoud. 1 vol.
- Comment on devient heureux, p. Mlle Valmore. 1 vol.
- Le Contre-Maître, par M. T. Castellan. 1 vol.
- La Visite aux Prisonniers. 1 vol.
- Vie de la sainte Vierge, par M. Egron. 1 vol.
- Histoire du Culte de la Vierge, id. 1 vol.
- Histoire de Hollande, p. M. H. Berthoud. 4 vol.
- Histoire de Belgique, par M. Le Glay. 4 vol.
- Le Chemin de Keroulas, par M. Ourliac. 1 vol.
- Un Pauvre devant Dieu, par Mlle Cromback. 1 vol.
- Les Pet. Enfants célèbres. 1 vol.
- Petite Histoire des Églises de Paris. 1 vol.
- Une Jeune Fille du Peuple, p. Mlle Cromback. 1 vol.
- Comment on devient sage, p. Mlle Valmore. 1 vol.

Ouvrages soumis à l'approbation de Monseigneur l'archevêque et qui paraîtront en 1845. Un vol. tous les samedis.

- Vie de M. l'abbé Mérault, vicaire-général d'Orléans, p. M. Egron. 1 vol.
- Vie de M. l'abbé Anot, de Reims, p. le même. 1 vol.
- Les Bienfaiteurs de l'humanité. 1 vol.
- Histoire d'Allemagne. 4 vol.
- Petites Lettres édifiantes, ou Lettres des Missionnaires en Chine et au Japon. 2 vol.
- — En Océanie. 1 vol.
- — En Afrique. 1 vol.
- — De l'Amérique du nord. 1 vol.
- — De l'Amérique du sud. 1 vol.
- Soirées des Enfants, contes, par Mme Desbordes-Valmore. 1 vol.
- Les Enfants devant Dieu, par la même. 1 vol.
- La Mère de Famille, id. 1 vol.
- Souvenirs d'une Grand'Maman, idem. 1 vol.
- Les Heures du Berceau. 1 vol.
- La Famille du Pêcheur. 1 vol.

IMPRIMÉ PAR PLON FRÈRES, A PARIS.

www.ingramcontent.com/pod-product-compliance
Ingram Content Group UK Ltd.
Pitfield, Milton Keynes, MK11 3LW, UK
UKHW021012200726
13857UKWH00004B/1406